NAIN! NAIN! NAIN!

Nain! Nain! Nain!

Sian Eirian Rees Davies

Lluniau Helen Flook

Gomer

I Sioned, Alaw, Ioan, Ela, Gwern a Cai –
heb anghofio Nana, Nain a Nan

Cyhoeddwyd gyntaf yn 2012 gan
Wasg Gomer, Llandysul, Ceredigion, SA44 4JL.
www.gomer.co.uk

ISBN 978 1 84851 410 2

Cyhoeddwyd gyda chefnogaeth Llywodraeth Cymru.

Argraffwyd a rhwymwyd yng Nghymru gan
Wasg Gomer, Llandysul, Ceredigion.

Rhybudd am hen wragedd

Maen nhw'n medru edrych mor ddiniwed, yn tydyn? Gwallt gwyn fel candi-fflos uwchben pâr crwn o sbectol pot jam. Eu gwên dannedd gosod a'u stôr parod o hancesi a fferins. Ydyn, mae hen wragedd yn medru edrych yn hynod ddiniwed.

Trio'n twyllo ni maen nhw. Trio gwneud i ni feddwl mai hen bethau bach annwyl ydyn nhw. Dydy hynny ddim yn wir amdanyn nhw i gyd, wyddoch chi. A dweud y gwir, mae'r rhan fwyaf ohonyn nhw'n beryg bywyd!

Maen nhw'n medru edrych mor fregus, yn tydyn? Yn symud yn araf fel malwod mewn slipars. Mi fydd ambell un yn ffugio bod angen ffon gerdded arni. Ambell un arall yn defnyddio sgwter i fynd o le i le. Peidiwch â chredu pob un ohonyn nhw, cofiwch. Mi fysa nifer ohonyn nhw'n medru rhedeg yr holl ffordd i fyny'r Wyddfa mewn chwinciad chwannen!

Maen nhw'n medru bod mor ffwndrus, yn tydyn? Yn baglu dros eu geiriau ac yn drysu enwau. Yn cadw llefrith yn y popty a phowdwr golchi yn yr oergell. Gêm ydy'r cyfan, wyddoch chi. Mae cof eliffant gan y rhan fwyaf ohonyn  nhw. Maen nhw'n medru cracio pob côd, cofio pob fformwla, datrys pob pos.

Mae'n hawdd deall, felly, pam mai hen wragedd sy'n gwneud y ditectifs cudd gorau.

 Maen nhw'n edrych *mor hen*, fysa 'na neb yn dychmygu eu bod nhw'n datrys troseddau gwaethaf Cymru.

Wyddoch chi fod 'na hen wreigan fach o Aberdaron wedi dal smyglwyr diemwntau wythnos diwethaf? Roedden nhw'n dianc mewn cwch modur i Ddulyn, ond llwyddodd yr hen wreigan i'w cyrraedd ar gefn *jet ski*, suddo'r cwch modur â'i harpŵn cyn mynd â'r diemwntau at yr heddlu. Cofiwch chi, fysech chi ddim wedi clywed am y peth yn y newyddion. Mae gwaith pwysig yr hen dditectifs yma'n gyfrinachol!

Felly, y tro nesa y byddwch chi'n gweld hen wreigan yn treulio oriau'n chwilota yn ei phwrs am newid mân, neu'n cymryd oes pys i groesi'r ffordd, cofiwch mai sioe ydy'r cyfan. Efallai ei bod hi'n drewi o sebon a thaffi, ond mae'n bur debyg ei bod yn aelod o dîm Ditectifs Cudd Cymru!

2

Gwesty Trem-y-Môr

Roedd hi'n noson dywyll, dawel o haf a phawb yng ngwesty gwely a brecwast Trem-y-Môr i fod yn cysgu. Roedd y llestri swper wedi'u clirio a'u cadw, a goleuadau'r stafelloedd gwely wedi'u diffodd ers tro. Dim ond golau gwan y stryd oedd bellach yn goleuo'r gwesty a safai'n flêr ar ddiwedd y rhes. Edrychai Trem-y-Môr yn lletchwith wrth ymyl gwestai eraill y stryd, fel rhyw blentyn gwyllt heb frwsio'i wallt ac mewn dillad sawl maint yn rhy fach iddo. Roedd pob ffenestr a drws ac arwydd yn gam, a'r paent bob lliw yn plicio fel croen sych oddi ar wyneb y gwesty. Doedd ryfedd, felly, pam mai dim ond un ymwelydd oedd yn aros yno'r noson honno, ac roedd honno'n chwyrnu yn ei gwely yn stafell rhif 4 ers oriau.

Oedd, roedd pawb i fod yn cysgu, ond roedd sawl creadur bach yn dal i fod ar ei draed yng Ngwesty Trem-y-Môr.

Roedd Gwyn yn syllu'n syn ar sgrin ei gyfrifiadur ers tro. Wythnos yn unig oedd ganddo. Wythnos yn unig i orffen yr holl waith cartref roedd Mr Brown wedi'i osod cyn gwyliau'r haf. 'Rhywbeth i'ch cadw'n brysur, rhag i chi wneud niwsans ohonoch chi'ch hunain o gwmpas y pentre 'ma!' meddai Mr Brown.

Niwsans oedd un o hoff eiriau Mr Brown. Roedd pob dim yn dipyn o niwsans ganddo. Y tywydd, gwersi ymarfer corff, paent, glud a phapur. A phlant. Roedd yn gas gan Mr Brown blant. Dim ond un peth oedd yn rhoi pleser i Mr Brown, a'i fwji oedd hwnnw. Roedd o wrth ei fodd efo bwjis ac roedd yr ystafell ddosbarth yn llawn lluniau diflas ohonyn nhw. Roedd rhai yn felyn, yn fach ac yn grwn fel cacennau cwstard, ac eraill yn frith, yn fawr ac yn foliog fel pwdinau Nadolig.

Edrychodd Gwyn eto ar y sgrin o'i flaen gan ddarllen teitl ei waith am y canfed tro. 'Fy nain'. Roedd o'n casáu gwaith sgwennu, ac wythnos yn unig oedd ganddo i sgwennu darn yn disgrifio'i nain hanner call. Doedd ganddo'r un syniad sut i ddechrau.

Estynnodd Gwyn am y flanced oedd ar ei wely a'i lapio'n dynn amdano. Y sŵn crafu oedd ar fai, meddyliodd. Doedd o ddim yn medru canolbwyntio oherwydd y bali sŵn. Gafaelodd yn y flanced oedd amdano a'i chodi o gwmpas ei glustiau, ond roedd o'n dal i glywed y sŵn crafu.

Yn ei dymer, estynnodd Gwyn am y peth agosaf i law – ei sgidiau pêl-droed. Taflodd un esgid yn ddall i gyfeiriad y sŵn crafu uwch ei ben. Tarodd honno'r nenfwd â chlep gan dasgu darnau o bridd sych yn blorod brown ar hyd y stafell. Go drapia'r hen lygod 'ma, meddyliodd Gwyn. Rhywle ar lawr isa'r tŷ clywodd ei nain yn siarad yn ei chwsg. Clywodd ddrws stafell ei fam yn agor, a sŵn ei chamau brysiog ar hyd y landin.

'Go drapia'r hen le 'ma,' sibrydodd Gwyn, cyn gorwedd yn bwdlyd ar ei wely. Cuddiodd ei ben o dan y gobennydd, ond doedd 'na fawr o bwynt. Rhwng crafu'r llygod a'i nain yn siarad, doedd ganddo ddim gobaith cysgu heno.

Yn sydyn, clywodd Gwyn sŵn uchel o gyfeiriad stafell 4. Neidiodd Gwyn o'i wely a'i galon yn curo'n gyflym mewn ofn.

3

Mrs Chwiban

'Mae'n ddrwg gen i dy ddychryn di neithiwr, 'ngwash i,' gwenodd Mrs Chwiban gan sipian ei the yn swnllyd. Nid Mrs Chwiban oedd ei henw go-iawn, wrth gwrs, ond dyna roedd Gwyn yn ei galw hi'n ddistaw bach. Ers iddi gyrraedd Trem-y-Môr y diwrnod cynt, roedd Gwyn wedi sylwi ei bod yn gwneud sŵn fel chwiban bob tro roedd hi'n symud. Roedd hi'n globen o ddynes, a phob tro y byddai'n dringo'r grisiau neu'n codi o'i sedd, roedd ei hanadl yn fyr a'i llais yn wichlyd.

'Mae'n iawn, siŵr,' ffugiodd Gwyn gan roi pentwr o gig moch ar y bwrdd o'i blaen.

Roedd Gwyn yn teimlo'n dipyn o ffŵl erbyn hyn. Pan glywodd y sŵn dychrynllyd yn dod o stafell 4 y noson cynt, fe redodd i lawr y grisiau gan weiddi am ei fam, yn rêl hen fabi.

'Be goblyn sy'n bod?' gofynnodd ei fam yn gysglyd.

'S . . . s . . . sŵn ofnadwy. Yn dod . . . yn dod . . . o stafell 4!' meddai Gwyn dan grynu.

Ar hynny, agorodd drws stafell 4 ac ymddangosodd corff anferthol o'r tywyllwch.

'Ddrwg gen i gadw'r holl sŵn 'ma,' meddai Mrs Chwiban gan rwbio'i chlun. 'Mi ddisgynnais i o'r gwely. Wnes i eich deffro chi?'

Syllodd Gwyn yn geg agored arni. Edrychai Mrs Chwiban yn union fel clown. Roedd ei choban fawr binc fel pabell pafiliwn amdani, a'i wìg o gyrls gwyllt yn gam am ei phen.

Ond erbyn hyn roedd wìg Mrs Chwiban bellach yn dwt a'r cyrls coch wedi'u clymu'n belen pompom uwchben ei gwar. Edrychodd Gwyn arni'n bwyta'r cig moch yn awchus. Sylwodd ar y diferion saim yn llifo'n araf i lawr ei gên cyn glanio'n bwll ar ei ffrog flodeuog.

'Mwy o de, os gweli di'n dda, 'ngwash i,' meddai Mrs Chwiban.

Cydiodd Gwyn yn ddiamynedd yn y tebot. Roedd yn gas ganddo helpu'i fam yn y gwesty. Cerddodd i'r gegin a rhoi'r tegell i ferwi cyn sylwi ar ei nain yn eistedd fel brenhines wrth y bwrdd brecwast. Roedd ei chot orau amdani a'i sbectols cam ben i waered am ei thrwyn.

'Pryd mae'r bws yn mynd o fama?' gofynnodd ei nain.

'Mewn rhyw ddeg munud, Nain,' meddai Gwyn.

Gofynnai ei nain yr un cwestiwn iddo bob bore. Ers blynyddoedd bellach, roedd hi'n credu mai arhosfan bws oedd y bwrdd gegin.

'Lle dach chi'n mynd heddiw 'ma, Nain?' gofynnodd Gwyn.

'I'r ffair,' atebodd ei nain gan chwerthin yn uchel fel merch fach. 'Ti isio dod efo fi?'

'Gwyn!' gwaeddodd ei fam arno o gyfeiriad y drws ffrynt. 'Mae Bedwyr yn gofyn os wyt ti isio chwarae pêl-droed!'

'Sori, Nain. Falla ddo i efo chi fory,' meddai Gwyn.

Doedd Bedwyr ddim yn dda iawn am chwarae pêl-droed. A dweud y gwir, doedd Bedwyr ddim yn dda iawn am wneud llawer o bethau, ond doedd dim ots gan Gwyn. Mi fysa'n well ganddo dreulio'r diwrnod yn sgorio sawl gôl yn erbyn Bedwyr yn hytrach na bod yn gaeth yn y gwesty gyda'i nain hanner call a Mrs Chwiban yn gwmni.

'Dw i'n dŵad rŵan!' gwaeddodd Gwyn cyn rhedeg i fyny'r grisiau i nôl ei sgidiau a'i bêl-droed.

4

Bwji Mr Brown

'Pam dw i'n gorfod bod yn y gôl bob tro?' cwynodd Bedwyr.

'Achos mai fi biau'r bêl!' meddai Gwyn.

Gosododd Gwyn ei bêl ar y smotyn a chymryd dau gam yn ôl. Roedd o'n gwybod yn iawn y dylai roi cyfle i Bedwyr sgorio, ond doedd ganddo fawr o amynedd y bore hwnnw.

'Ti 'di gorffen dy waith cartref eto?' holodd Bedwyr.

Rhoddodd Gwyn gic egr i'r bêl gan sgorio'i nawfed gôl.

'Naddo. Wyt ti?'

'Do,' atebodd Bedwyr yn falch. 'Wyt ti wedi dechrau, ta?'

'Do! Dw i 'di sgwennu tua dwy dudalen,' meddai Gwyn gan afael yn y bêl fwdlyd a'i gosod eto ar y smotyn. Celwydd oedd y cyfan, wrth gwrs. Doedd o ddim wedi sgwennu'r un gair. 'Dw i bron â gorffen, a dweud y gwir.'

Rhoddodd Gwyn gic i'r bêl a llwyddo i sgorio gôl arall. Cododd ei freichiau fry i'r awyr.

'Gôôôôôôôôôôl!' gwaeddodd.

'Dydy hyn ddim yn deg!' meddai Bedwyr gan gerdded yn bwdlyd i gyfeiriad giât y cae chwarae.

'Ocê, ocê! Mi a' i i'r gôl, ac mi gei ditha drio sgorio yn fy erbyn i!' awgrymodd Gwyn, ond roedd Bedwyr eisoes wedi dringo dros y giât ac yn cerdded i gyfeiriad y pentref.

'Dw i ddim isio! Dw i'n mynd!' atebodd Bedwyr.

Doedd Gwyn ddim am aros yn y cae chwarae ar ei ben ei hun, felly cydiodd yn y bêl fwdlyd a rhedeg ar ôl ei ffrind.

'Aros amdana i!'

'Sbia lle ti'n mynd, y ffŵl gwirion!'

Roedd Gwyn yn adnabod y llais yn dda; llais annifyr Mr Brown.

'Sori, Mr Brown,' meddai Gwyn gan fentro edrych i fyw llygaid oer ei athro.

'Bron i ti daro ni'n dau i'r llawr, yn do, nghariad i?'

Sylwodd Gwyn ar y cawell aur crand oedd ym mreichiau ei athro ac ar yr aderyn bach ofnus oedd yn gwibio i bob cyfeiriad y tu mewn iddo.

'O, nghariad annwyl i! Ti wedi cael braw, yn do? O, druan bach!'

Brathodd Gwyn ei wefus yn galed. Roedd hi'n anodd iddo beidio â chwerthin yn uchel wrth weld Mr Brown yn siarad mewn llais babi gyda bwji!

'Mae o'n licio cael mynd am dro. Nid unrhyw fwji ydy o, chwaith,' meddai Mr Brown yn bwysig, 'ond bwji enwocaf Cymru. Llywelyn ap Lliwgar. Mae o wedi ennill bron pob gwobr sydd i'w hennill ym mhob sioe!'

Edrychodd Gwyn ar y bwji eto, ond roedd yn anodd ganddo ddeall pam fod Llywelyn ap Lliwgar yn aderyn mor arbennig. Edrychai fel pob llun bwji boliog arall roedd Mr Brown wedi'i osod ar waliau'r stafell ddosbarth yn yr ysgol.

'Flwyddyn nesa mi fydd Llywelyn a finnau'n ennill y brif wobr yn y Sioe Fawr, yn byddwn ni'r aur?' meddai Mr Brown gan wneud siâp sws â'i geg wrth siarad â'r bwji.

Cuddiodd Gwyn ei wyneb y tu ôl i'w bêl-droed, ond roedd Mr Brown yn gwybod ei fod yn chwerthin am ei ben.

'Hen hogyn bach gwirion!' dwrdiodd Mr Brown cyn cerdded heibio iddo'n frysiog. 'Ty'd, Llywelyn. Amser mynd adra. Be am gael tamaid bach o dôst?'

Trodd Gwyn ar ei sawdl a gwenu. Trueni nad oedd Bedwyr wedi bod yno i gael rhannu'r jôc, meddyliodd. Mynd â bwji am dro, wir!

Ar hynny, synhwyrodd Gwyn ryw hen deimlad annifyr. Rhyw deimlad ych-a-fi bod rhywun yn ei wylio. Edrychodd dros ei ysgwydd, ond doedd neb yno. Eto i gyd, gallai glywed sŵn camau traed yn ei ddilyn a theimlo anadl ddieithr yn boeth ar ei war. Rhedodd Gwyn fel cath i gythraul i gyfeiriad gwesty Trem-y-Môr.

5

Dwy Lygoden Fach

Caeodd Gwyn ddrws y gwesty'n glep y tu ôl iddo. Roedd ei anadl yn fyr a'i wallt yn glynu'n chwyslyd at ei ben.

'Gwyn, ti sy 'na?' gwaeddodd ei nain o gyfeiriad y gegin.

Anwybyddodd Gwyn grawcian ei nain a sbecian drwy dwll y clo. Gallai daeru bod rhywun wedi ei ddilyn o'r parc, ond doedd yr un enaid byw i'w weld y tu allan i'r gwesty.

'Gwyn?' bloeddiodd ei nain eto.

'Dŵad rŵan, Nain!' atebodd Gwyn cyn cicio'i bêl-droed yn bwdlyd o'r neilltu. 'Be dach chi isio?'

Edrychai ei nain yn hynod ddrwgdybus yn sefyll wrth y tegell gyda sgriwdreifer yn ei llaw. Roedd ei chot amdani a'i sgidiau'n drybola o fwd.

'Trio gwneud panad dw i, ond does 'na ddim dŵr yn hwn,' eglurodd ei nain gan chwifio'r sgriwdreifer o dan drwyn Gwyn.

'Mi wna i banad i chi rŵan,' meddai Gwyn gan gymryd y sgriwdreifer oddi arni'n ofalus. Doedd dim dwywaith: roedd ei nain yn honco bost.

Cofiodd Gwyn yn sydyn am y gwaith cartref oedd yn disgwyl amdano yn ei stafell wely. Chwe diwrnod yn unig oedd ganddo i sgwennu darn yn disgrifio'i nain. Y gwir amdani oedd nad oedd gan Gwyn eiriau addas i ddisgrifio'i nain.

'Cofia'r llygod bach!' meddai ei nain yn sydyn.

Dyna oedd gair ei nain am siwgr. 'Dydy panad yn dda i ddim heb ddwy lygoden fach!'

Ychydig iawn a wyddai Gwyn am ei nain. Ers cyn co' roedd hi wedi bod yn byw gyda'i fam ac yntau yng ngwesty Trem-y-Môr, yn drysu ei geiriau ac yn ffwndro.

'Ew, ti'n un da am wneud panad. Well i ni gael un o'r hen betha bach melys 'na efo hi 'fyd,' meddai ei nain gan wincio ar Gwyn.

Estynnodd Gwyn am y paced o fisgedi jam a rhoi un yn ofalus yn ei llaw. Roedd hi mewn hwyliau da, felly cydiodd Gwyn mewn beiro a hen amlen o'r pentwr blêr ar fwrdd y gegin. Dyma'i gyfle i geisio dod i adnabod ei nain yn well.

'Lle oeddech chi'n byw pan oeddech chi'n hogan fach, Nain?' holodd Gwyn, yn barod i sgrifennu'r ateb ar gefn yr amlen, fel newyddiadurwr pwysig.

'Mewn tŷ, yndê,' atebodd ei nain yn blaen cyn brathu i mewn i'w bisgeden. Rhowliodd Gwyn ei lygaid yn ddiamynedd.

'Yn lle roedd y tŷ, Nain?'

'Yn Llan-be-ti'n-ei-alw-o. Lle braf, cofia,' atebodd ei nain yn freuddwydiol. 'Be am ddal y bws nesa i fynd yno am dro?'

Sgrwnsiodd Bedwyr yr hen amlen yn belen cyn ei thaflu i gyfeiriad y bin. Doedd o ddim am gael

yr un ateb synhwyrol gan ei nain y pnawn hwnnw. Yn sydyn, neidiodd Gwyn yn ei sedd wrth glywed seiren car heddlu yn sgrechian heibio'r gwesty. Aeth at ffenestr y gegin a gweld goleuadau glas y car yn gwibio i lawr yr allt am y pentref.

'Drapia! Y bws oedd hwnna?' holodd ei nain. Cododd yn araf o'i chadair cyn estyn y sgriwdreifer oddi ar y bwrdd gegin a'i gadw ym mhoced ei chardigan.

Agorodd rhywun ddrws y gwesty a rhedodd Bedwyr i'r gegin.

'Gwyn! Choeli di fyth, ond mae rhywun wedi dwyn bwji Mr Brown!'

6

Y Cawell Gwag

'O'r ffordd, os gwelwch yn dda,' gwaeddodd PC Parri yn awdurdodol wrth geisio gwthio drwy'r dorf. Roedd hanner y pentref bellach wedi hel yn gôr ar y pafin o flaen tŷ Mr Brown wrth glywed seiren y car heddlu.

'PC Parri! Mae rhywun wedi dwyn Llywelyn! Llywelyn annwyl!' meddai Mr Brown, yn udo crio i'w hances boced. Ymunodd PC Parri â Mr Brown yn yr ardd i syllu ar yr ychydig blu glas oedd yn gorwedd yn y cawell aur gwag.

'Gwneud tamaid i'w fwyta drwodd yn y gegin o'n i, ac roedd Llywelyn ap Lliwgar yn y parlwr,' eglurodd Mr Brown, a'r dagrau'n powlio i lawr ei fochau. 'Ond pan es i i'r parlwr gyda thôst i Llywelyn a finna, doedd . . . doedd . . .'

'Doedd cawell Llywelyn ap Lliwgar ddim yna, PC Parri!' gwaeddodd Moi'r Postmon o ganol y dorf. 'Fi ddaeth o hyd i'r cawell yn yr ardd wrth ddod â'r post draw i Mr Brown.'

'Faint o'r gloch oedd hyn?' holodd PC Parri gan estyn ei lyfr nodiadau du o boced frest ei iwnifform.

'Tua 10 o'r gloch bore 'ma?' dyfalodd Moi gan grafu'i farf dywyll yn araf. Doedd o ddim y gorau am gadw amser.

'Dwy awr yn ôl?' torrodd Mair Siop y Post ar ei draws. 'Wel, nag oedd siŵr! Mi redodd Mr Brown yn syth i'r siop 'cw wedi iddo sylweddoli bod Llywelyn ap Lliwgar ar goll, ac roedd hynny am un ar ddeg o'r gloch!'

'Am un ar ddeg o'r gloch?' holodd PC Parri.

'Ia, un ar ddeg o'r gloch. O'n i yno 'run pryd, PC Parri!' gwaeddodd Bedwyr o gefn y dorf.

Roedd Gwyn ac yntau allan o wynt yn lân ar ôl rhedeg i lawr yr allt o'r gwesty, a Bedwyr yn dal i afael mewn bag o fferins roedd o wedi bwriadu eu prynu yn y siop y bore hwnnw. Pan redodd Mr Brown i'r siop yn beichio crio, anghofiodd Bedwyr dalu amdanyn nhw. Wrth weld Mair yn sefyll wrth ei ymyl yn y dorf yn awr, gobeithiai Bedwyr i'r nefoedd na fuasai'n sylwi ar y bag fferins yn ei law.

'O! Llywelyn!' udodd Mr Brown drachefn, ond doedd PC Parri ddim yn cymryd fawr o sylw ohono erbyn hyn. Yn hytrach, cerddai'n ofalus o gwmpas yr ardd gan wneud nodyn o bob deilen, brigyn a blodyn, yn chwilio am gliwiau posibl.

'Mi wnaeth Moi a finna helpu Mr Brown i chwilio am Llywelyn ap Lliwgar o gwmpas y pentre 'ma wedyn,' ychwanegodd Mair Siop y Post, 'ond doedd 'na'm pwynt, a dweud y gwir. Roedd hi'n amlwg nad wedi dianc oedd o.'

'Pam dach chi'n dweud hynny, Mair?' holodd PC Parri, gan edrych arni'n ofalus dros ei sbectol.

'Wel, roedd hi'n amlwg nad oedd Llywelyn ap Lliwgar wedi dianc, achos roedd rhywun wedi symud ei gawell o'r parlwr i'r ardd.'

Caeodd PC Parri ei lygaid gan ystyried yr holl dystiolaeth. Na, doedd Llywelyn ap Lliwgar ddim wedi dianc. Roedd rhywun wedi'i gipio, a gwaith PC Parri yn awr oedd darganfod pwy oedd y lleidr hy.

'Wyt ti isio un?' holodd Bedwyr, gan gynnig un o'i fferins i Gwyn.

Ond doedd Gwyn ddim yn gwrando arno. Yn hytrach, roedd o'n syllu i ganol y dorf ar wallt brith ei nain wrth iddi geisio cuddio'n llechwraidd yn eu plith.

7

Y Lifft

'Nain!' galwodd Gwyn, ond doedd hi ddim yn gallu'i glywed yng nghanol cynnwrf y dorf. Ceisiodd Gwyn wthio'i ffordd tuag ati, ond roedd Mair Siop y Post yn sefyll fel craig o'i flaen ac yn gwrthod symud iddo.

'Mae Llywelyn ap Lliwgar wedi'i gipio,' cyhoeddodd PC Parri'n bwysig. Tynnodd ei sbectols yn ofalus a'u glanhau yn llabed ei siaced. 'Mi fydda i eisiau siarad efo chi i gyd yn eich tro. Mae rhywun yn rhywle yn siŵr o fod yn gwybod pwy sy wedi cipio'r aderyn.'

'Bwji,' cywirodd Mr Brown ef trwy'i ddagrau. 'Bwji ydy Llywelyn ap Lliwgar. Bwji enwocaf Cymru!'

Rhoddodd PC Parri ei law ar ysgwydd Mr Brown i geisio'i gysuro, ond roedd udo'r athro yn mynd yn uwch ac yn uwch, fel plentyn bach o'r dosbarth meithrin yn cael sterics. Byddai Gwyn wedi chwerthin llond ei fol heblaw ei fod wedi gweld ei nain yng nghanol y dorf. Be yn y byd oedd hi'n ei wneud allan ar ei phen ei hun?

'Ar wahân i Mr Brown, pwy arall sy wedi gweld Llywelyn ap Lliwgar heddiw 'ma?' holodd PC Parri.

Edrychodd pawb ar ei gilydd yn syn gan ysgwyd eu pennau. Cofiodd Gwyn ei fod wedi gweld Mr Brown yn mynd â'r bwji gwirion am dro y bore hwnnw. Cododd ei fraich i'r awyr yn araf, yn teimlo ei du mewn yn suddo.

'Y fi, PC Parri,' meddai Gwyn mewn llais cryg.

Gwenodd y plismon. Roedd o'n hen gyfarwydd â helyntion Gwyn. Byddai'n cael galwadau ffôn yn fisol bron gan drigolion y pentref yn cwyno amdano. Roedd yna ffenestri tai wedi'u torri, ceir wedi'u tolcio a phlanhigion gardd wedi'u malurio gan sawl pêl-droed a giciwyd gan droed dde Gwyn. Ni fyddai'n synnu mai Gwyn a Bedwyr ei ffrind oedd wedi cipio Llywelyn ap Lliwgar, gan feddwl bod y cyfan yn dipyn o jôc.

'Mi fyswn i'n licio cael gair efo chdi felly, Gwyn,' ychwanegodd PC Parri. 'Awn ni i'r gwesty am sgwrs fach?'

Teimlai Gwyn ei fochau'n cochi wrth iddo gamu i mewn i'r car heddlu o flaen pawb. Roedd o wedi cynnig cerdded yn ôl i'r gwesty, ond roedd PC Parri wedi mynnu ei ddanfon yn y car heddlu. 'Trio 'nychryn i mae o,' meddai Gwyn wrtho'i hun, er na fyddai'n cyfaddef wrth yr un enaid byw bod arno ofn PC Parri.

Syllai Bedwyr a'i geg yn agored fel pysgodyn mewn syndod. Ei ffrind gorau yng nghefn car heddlu!

Cyn i PC Parri danio'r injan, chwiliodd Gwyn eto am ei nain yng nghanol y dorf, ond doedd dim golwg ohoni.

Ar hynny, clywodd Gwyn rywun yn curo ffenestr y car yn gyflym. Mrs Chwiban oedd yno, yn golur ac yn gyrls gwyllt i gyd. Agorodd Gwyn ddrws y car a gwthiodd Mrs Chwiban ei chorff yn araf i eistedd wrth ei ymyl. Siglodd y car yn herciog dan ei phwysau.

'Gwyn, wnei di ofyn i'r plismon neis 'ma os ga i lifft yn ôl efo chi i'r gwesty?' holodd Mrs Chwiban, ond roedd hi eisoes yn eistedd yn sedd gefn y car fel na allai PC Parri ei gwrthod.

'Fedra i ddim cerdded i fyny'r allt, dim efo'r hen draed poenus 'ma.'

Edrychodd Gwyn ar draed Mrs Chwiban. Roedden nhw'n edrych yn union fel selsig amrwd yn sbecian drwy'i sandals. Taniodd PC Parri'r injan a chychwyn am y gwesty.

'Ar wyliau dach chi?' gofynnodd PC Parri i Mrs Chwiban.

'Ia, mae ychydig ddyddiau yn yr haul wrth y môr yn gwneud gwyrthiau i'r iechyd,' atebodd Mrs Chwiban, a'i hanadl yn fyr.

'Dach chi wedi bod yma o'r blaen?' holodd PC Parri wedyn. Roedd rhywbeth cyfarwydd iawn ynghylch y wraig, meddyliodd PC Parri, er na allai feddwl ymhle roedd o wedi'i gweld o'r blaen.

'Naddo. Dyma'r tro cyntaf i mi fod yma. Lle braf a gwesty bendigedig,' ychwanegodd Mrs Chwiban gan wenu ar Gwyn.

Gwenodd Gwyn yn ffals arni, ond diflannodd y wên pan welodd ei fam yn sefyll wrth ddrws ffrynt y gwesty yn syllu'n syn ar Mrs Chwiban a'i mab ei hun yng nghefn y car heddlu.

8

Y Llwybr Dirgel

'Peidiwch â phoeni! Wedi cael lifft gan y plismon ffeind 'ma dw i,' eglurodd Mrs Chwiban wrth ddringo'n araf o gefn y car heddlu. 'Ond mae Gwyn mewn tipyn o drwbwl, dybiwn i.'

Gwgodd Gwyn wrth glywed Mrs Chwiban yn achwyn amdano.

'Gwyn! Be wyt ti wedi'i wneud rŵan?' gofynnodd ei fam yn flin.

'Wedi dod yma i ofyn ychydig o gwestiynau i Gwyn dw i, dyna i gyd,' eglurodd PC Parri wrth gloi drws y car. 'Mae rhywun wedi cipio bwji Mr Brown.'

Cerddodd pawb i gyfeiriad y gwesty, gyda Mrs Chwiban yn arwain y ffordd.

'Mae plant y dyddiau yma yn anodd i'w diddanu, yn tydyn?' meddai Mrs Chwiban yn ddidaro. 'Maen nhw byth a beunydd yn gwneud rhyw ddrygioni!'

Wrth gerdded heibio'r gegin sylwodd Gwyn ar ei nain yn sefyll wrth y bin bara. Doedd bosib ei bod hi wedi medru cerdded i fyny'r allt o'r pentref mor gyflym?

'Gwyn! Tyrd yn dy flaen,' galwodd ei fam.

Eisteddodd Gwyn gyferbyn â PC Parri, gyda Mrs Chwiban a'i fam yn eistedd bob ochr iddo.

'Rŵan, Gwyn. Deuda wrtha i pryd yn union welaist ti Llywelyn ap Lliwgar,' meddai PC Parri gan estyn ei lyfr nodiadau o boced frest ei iwnifform.

Dechreuodd Gwyn drwy sôn am y gêm bêl-droed a gafodd gyda Bedwyr yn y parc. Disgrifiodd ei sgwrs gyda Mr Brown ar y llwybr ger y parc, a'r ffaith iddo chwerthin am fod ei athro'n mynd â'i fwji am dro.

'Pwy yn y byd sy'n mynd â bwji am dro?' chwarddodd Mrs Chwiban yn uchel gan achosi i'w chyrls sboncio'n wyllt o gwmpas ei bochau crwn.

O gornel ei lygad, gwelai Gwyn ei nain yn sefyll yn y cyntedd yn ymbalfalu ym mhocedi ei chot.

'Yn wir,' meddai PC Parri mewn llais difrifol. Tawelodd Mrs Chwiban wrth weld nad oedd neb ond y hi'n chwerthin.

'Oedd rhywun arall yn y parc bore 'ma?' holodd PC Parri.

Edrychodd Gwyn ar ei nain yn y cyntedd. Winciodd hithau arno wrth iddi estyn darnau bach o dôst o'i phocedi a'u gosod yn ofalus ar y llawr teils. Ymhen dim, roedd hi wedi creu llwybr o friwsion ar hyd y cyntedd.

'Gwyn, ateba PC Parri,' meddai ei fam. 'Oedd rhywun arall yn y parc bore 'ma?'

Ysgydwodd Gwyn ei ben. Dim ond Bedwyr ac yntau oedd yn y parc y bore hwnnw, a welodd o neb ar ei ffordd adref i'r gwesty chwaith. Yna, cofiodd Gwyn iddo deimlo'n reit annifyr wrth adael y parc, rhyw deimlad ych-a-fi bod rhywun yn ei wylio. Cofiodd iddo edrych dros ei ysgwydd, ond doedd neb yno. Eto i gyd, roedd o

wedi clywed sŵn camau traed yn ei ddilyn a theimlo anadl ddieithr yn boeth ar ei war.

'Wel, dyna ddigon o gwestiynau am y tro,' meddai PC Parri gan godi ar ei draed.

Edrychodd Gwyn i gyfeiriad y cyntedd eto, ond roedd ei nain – a'r llwybr o friwsion – wedi diflannu.

Pan agorodd PC Parri ddrws ffrynt y gwesty, yno'n eistedd ar y stepen roedd Bedwyr a golwg nerfus ar ei wyneb.

'Dach chi ddim am fynd â Gwyn i'r jêl, nac dach?' holodd Bedwyr yn boenus.

Chwarddodd PC Parri'n uchel. 'Nac 'dw, siŵr. Dim tro 'ma, o leia,' atebodd cyn ffarwelio â mam Gwyn a Mrs Chwiban.

'Nid y fi gipiodd Llywelyn ap Lliwgar,' sibrydodd Gwyn wrth Bedwyr, yn ddigon pell o glyw PC Parri. 'Ond mae gen i syniad go dda pwy wnaeth!'

9

Casglu Cliwiau

'Wyt ti'n tynnu 'nghoes i?' gofynnodd Bedwyr.
'Dy nain wedi cipio bwji Mr Brown?'

'Mae'r peth yn amlwg!' atebodd Gwyn gan
edrych drwy ffenest ei lofft.

'Ond, mae dy nain . . . wel, 'chydig bach yn . . .' meddai Bedwyr, yn ceisio meddwl am eiriau caredig i ddisgrifio nain Gwyn.

'Boncyrs? Hanner call? Wedi ffwndro'n lân?' awgrymodd Gwyn yn blaen.

Cytunodd Bedwyr â'r disgrifiad gan nodio'i ben yn araf. 'Fysa dy nain fyth yn medru cipio Llywelyn ap Lliwgar, siŵr,' meddai, gan geisio cysuro Gwyn.

Trodd Gwyn i edrych ar ei ffrind. Roedd o'n gwybod bod cyhuddo'i nain yn swnio'n hurt, ond roedd ganddo ddigon o dystiolaeth i brofi ei bod hi'n euog.

'Wnes i ddim sôn wrth PC Parri, ond roedd rhywun yn fy ngwylio i pan o'n i'n siarad yn y parc efo Mr Brown bore 'ma,' eglurodd Gwyn. 'Mi fysa'r person oedd yn fy ngwylio i wedi dysgu dau beth pwysig iawn am Llywelyn ap Lliwgar. Un: ei fod o'n fwji enwog ac wedi ennill lot o wobrau. A dau: ei fod o'n licio bwyta tôst.'

'Www, tôst,' meddai Bedwyr yn awchus, yn cofio'n sydyn nad oedd o wedi cael brecwast y bore hwnnw. Chwyrnodd ei fol yn uchel. 'Be mae Llywelyn ap Lliwgar yn 'i licio ar ei dôst, ti'n meddwl?'

Rholiodd Gwyn ei lygaid yn ddiamynedd.

'Dim ots am hynny! Pan gyrhaeddais i adra mi wnes i sylwi bod sgidiau Nain yn drybola o fwd – yr un mwd yn union ag oedd yn y parc bore 'ma.'

'Ti'n meddwl mai *hi* oedd yn dy wylio di?' gofynnodd Bedwyr.

'Yndw,' atebodd Gwyn yn bendant, er nad oedd ganddo syniad sut y bysa hi wedi llwyddo i gyrraedd y gwesty o'i flaen. Roedd hi'n cerdded mor drafferthus o araf fel arfer. Cofiodd yn sydyn bod sgriwdreifer yn llaw ei nain pan welodd ef hi yn y gegin y bore hwnnw. 'Dw i'n meddwl ei bod hi wedi defnyddio sgriwdreifer i dorri i mewn i dŷ Mr Brown gan gipio Llywelyn ap Lliwgar!'

'Pam yn y byd fysa hi isio gwneud hynny?' holodd Bedwyr yn ddryslyd.

'Does gen i ddim syniad,' atebodd Gwyn.

Meddyliodd am y llwybr o friwsion tôst roedd ei nain wedi'i greu'n gynharach ar hyd y cyntedd. Mae'n rhaid bod Llywelyn ap Lliwgar yn y gwesty a'i bod hi'n ei fwydo.

'Rhaid i ti ddeud wrth PC Parri,' awgrymodd Bedwyr. 'Dw i'n siŵr ei fod o'n meddwl mai chdi sy wedi dwyn Llywelyn ap Lliwgar.'

'Wneith o fyth fy nghredu i, siŵr!' meddai

Gwyn. 'Rhaid i ni ddod o hyd i Llywelyn ap Lliwgar i ddechrau. Mae o yn y gwesty yma'n rhywle.'

Ar hynny, sylwodd Gwyn drwy'r ffenest ar ei nain yn cerdded yn chwim ar hyd llwybr yr ardd i gyfeiriad y sied. Doedd neb byth yn mynd i'r sied. Yn ôl ei fam, doedd dim byd yno ar wahân i hen botiau blodau a phryfaid cop. Gwelodd ei nain yn edrych o'i chwmpas cyn agor drws y sied a sleifio i mewn.

41

'Hanner nos heno,' meddai Gwyn. 'Tyrd i 'nghyfarfod i y tu allan i'r gwesty am hanner nos heno.'

'Pam?' holodd Bedwyr a'i lygaid yn fawr gan ofn.

'Dw i'n gwybod lle mae Llywelyn ap Lliwgar. Gwisga ddillad tywyll. Does fiw i neb ein gweld ni,' atebodd Gwyn.

'Dw i ddim isio!' atebodd Bedwyr gan groesi'i freichiau'n bwdlyd.

'Gwranda, os gwnei di fy helpu i heno, mi wna i addo chwarae yn y gôl am weddill yr wythnos,' llwgrwobrwyodd Gwyn ei ffrind, gan gynnig ei bêl-droed iddo.

Gwenodd Bedwyr. 'Wela i di am hanner nos!'

10

Y Sied Arddio

Roedd hi'n noson dywyll, dawel o haf ond doedd neb yng ngwesty Trem-y-Môr yn cysgu. Edrychai'r gwesty fel coeden Nadolig wrth i oleuadau'r stafelloedd gwely lifo i'r stryd dywyll. Doedd mam Gwyn ddim yn medru cysgu. Er iddi wneud llond mẁg o siocled poeth iddi'i hun, gwrando ar y radio a gorffen croesair, roedd hi'n dal i droi a throsi'n anesmwyth yn ei gwely.

Doedd Mrs Chwiban ddim yn medru cysgu yn stafell 4, chwaith. Er iddi gael bath cynnes yn llawn swigod bob lliw, ceisio darllen llyfr a chyfri defaid, roedd hi bellach yn gorwedd yn ei gwely â'i llygaid ar agor led y pen.

Yn sefyll o dan olau gwan y stryd roedd Gwyn, yn disgwyl yn eiddgar am Bedwyr. Edrychodd Gwyn ar ei wats. Drapia! Roedd Bedwyr bum munud yn hwyr. Ar hynny, clywodd Gwyn gamau traed trwsgl yn rhedeg i fyny'r allt i gyfeiriad y gwesty.

'Sori . . . sori 'mod i'n hwyr,' ebychodd Bedwyr, allan o wynt. Roedd o'n gwisgo siwmper fawr ddu a balaclafa ei dad. 'Ges i drafferth gadael y tŷ heb i neb fy nghlywed i.'

'Rhaid i ni fod yn ddistaw,' sibrydodd Gwyn gan wneud ystum â'i law i Bedwyr ei ddilyn i'r ardd.

'Lle dan ni'n mynd?' holodd Bedwyr gan faglu dros gynffon y beipen dyfrio blodau.

'I'r sied arddio,' atebodd Gwyn. Roedd o'n sicr

mai yno roedd ei nain yn cadw Llywelyn ap Lliwgar.

Roedd hi'n dywyll fel triog yn yr ardd. Gafaelodd Gwyn yn dynn yn ei fag chwaraeon. Y cynllun oedd i Gwyn agor drws y sied ac i Bedwyr drio dal Llywelyn ap Lliwgar yn y bag. Gwrandawodd Gwyn ar Bedwyr yn cerdded i mewn i'r lein ddillad yn nhywyllwch y nos, gan daro'r polyn â chlep. Meddyliodd mai gwell fysa gofyn i Bedwyr agor drws y sied ac iddo yntau geisio dal y bwji. Byddai Bedwyr yn siŵr o wneud smonach o bethau!

'Aros amdana i!' galwodd Bedwyr.

'Bydd ddistaw,' hisiodd Gwyn arno gan edrych yn bryderus i gyfeiriad y gwesty. Teimlai fod rhywun yn eu gwylio, ond er mawr ryddhad iddo, doedd dim golwg o neb yn sefyll wrth ffenestri niferus y gwesty.

Cyrhaeddodd Gwyn ddrws y sied arddio, ei galon yn curo'n galed yn ei glustiau.

Ymhen hir a hwyr, fe ymunodd Bedwyr ag o. 'Sori! Y balaclafa 'ma sy'n rhy fawr. Fedra i ddim gweld!'

'Reit, agora'r drws ar ôl tri,' eglurodd Gwyn gan agor ei fag yn barod i ddal y bwji.

Gafaelodd Bedwyr yn dynn yng ngharn rhydlyd y drws.

'Un, dau, TRI!' gwaeddodd Gwyn.

Tynnodd Bedwyr y carn â'i holl nerth a neidiodd Gwyn i mewn i'r sied.

Ond doedd yna'r un bwji yn y sied. Doedd yna'r un hen bot blodau na phryfyn cop, chwaith. Safai Gwyn a Bedwyr yn fud wrth edrych ar y rhyfeddodau o'u cwmpas. Botymau a goleuadau'n fflachio ym mhobman. Camerâu, sgriniau a mapiau. Eisteddai nain Gwyn yng nghanol yr offer, gyda phâr o glustffonau'n dynn am ei phen.

'O'r diwedd!' chwarddodd Nain. 'Dw i wedi bod yn disgwyl amdanoch chi!'

11

Y Gyfrinach

'Dewch i mewn! Gwyn, cau'r drws 'na cyn i dy fam ein gweld ni!' gorchmynnodd ei nain cyn troi un o sgriniau niferus y sied i'w wynebu. Ar y sgrin gallai Gwyn weld ei fam yn ei stafell wely, yn sbecian drwy'r llenni i gyfeiriad yr ardd.

'Cŵl!' gwaeddodd Bedwyr gan symud o sgrin i sgrin fel pry ar fwrdd picnic. 'Sbia! Dyma dy stafell wely di! Dyma'r gegin, a'r stafell fwyta . . .'

'Dw i'n cadw llygaid ar y cyfan, Bedwyr,' torrodd nain Gwyn ar ei draws, 'gyda 'chydig o help.'

Estynnodd yr hyn a edrychai fel llygoden farw o'r silff llawn teclynnau uwch ei phen, cyn cydio mewn sgriwdreifer o boced ei chardigan.

'Cosa'i chlust dde hi efo hwn,' meddai nain Gwyn wrth roi'r llygoden yn ofalus yn ei ddwylo.

Roedd y llygoden yn oer ac yn llipa, a theimlai Gwyn ychydig yn nerfus wrth roi blaen y sgriwdreifer yn ofalus yng nghlust yr anifail marw. Yn sydyn, neidiodd y llygoden ar ei thraed gan godi'i thrwyn bach du i'r awyr.

'Mae 'na feicroffon, camera a seinydd bach yn ei thrwyn hi,' eglurodd nain Gwyn. 'Sbia!'

Roedd y sgrin oedd wedi dangos llun ei fam bellach â llun o wyneb Gwyn arni, yn edrych yn syn ar y llygoden fach ryfedd oedd yn ei law.

'Mae'r gwesty'n llawn dop ohonyn nhw,' ychwanegodd nain Gwyn. 'Mi fydda i'n gadael briwsion bara iddyn nhw er mwyn pweru eu batris. Wedyn maen nhw'n medru gwibio o un stafell i'r llall yn ffilmio pob symudiad ac yn recordio pob sgwrs.'

Cofiodd Gwyn am y sŵn crafu a glywai bob nos yn nenfwd ei stafell wely, ac yna am y sgwrs a gafodd yno gyda Bedwyr yn cyhuddo'i nain o fod wedi cipio Llywelyn ap Lliwgar.

'Nid fi sy wedi dwyn bwji Mr Brown,' meddai nain Gwyn, fel petai'n medru darllen ei feddwl. 'Ond dw i'n gwybod pwy wnaeth.'

'Pwy?' holodd Gwyn yn awchus.

'Mrs Chwiban. Mae'r heddlu o Lanelli i Lanfechell yn chwilio amdani ers misoedd,' atebodd nain Gwyn gan bwyntio at fap digidol o Gymru ar wal bella'r sied. 'Gwasga'r smotyn coch uwchben Llandrindod, plîs Bedwyr.'

Aeth Bedwyr at y map, ac ar ôl ychydig amser yn chwilio am Landrindod, gwasgodd y smotyn coch yn eiddgar. Ymddangosodd erthygl papur newydd a llun crwban mawr ar y map. Darllenodd Bedwyr yr erthygl yn uchel.

'Lleidr Crwbanod yn Llandrindod. Yn ystod oriau mân bore ddoe fe gipiwyd Pedr Pwyllog, crwban hynaf Cymru, o gartref ei berchennog, Mrs Morris. Dyna drist, yntê?'

'Gwasga'r smotyn coch uwchben Aberystwyth rŵan, plîs Bedwyr,' gofynnodd nain Gwyn iddo.

Brathodd Bedwyr ei wefus yn galed. Drapia, lle oedd Aberystwyth ar y map?

'Ond, Nain! Sut 'dach chi'n gwybod mai Mrs Chwiban ydy'r lleidr?' holodd Gwyn.

'Mae hi'n glyfar iawn. Does neb wedi llwyddo i'w dal hi hyd yma, ond wrth lwc mi lwyddodd ryw nain arall i dynnu llun ohoni'n dwyn Sbardun, sgwarnog cyflymaf Cymru, o Aberystwyth ychydig ddyddiau'n ôl.'

Gwasgodd nain Gwyn y smotyn coch uwchben Aberystwyth ar y map digidol. Ymddangosodd llun aneglur o wraig yn llusgo rhyw sgwarnog druan gerfydd ei glustiau. Mrs Chwiban oedd y wraig, meddyliodd Gwyn, roedd hynny'n sicr – ond roedd hi'n edrych yn llawer teneuach yn y llun. Roedd ganddi wallt du, yn hytrach na'r wìg o gyrls coch a wisgai'n awr.

'Dw i angen eich help chi, hogiau,' meddai nain Gwyn. 'Fedra i ddim dal Mrs Chwiban ar fy mhen fy hun.'

Edrychodd Gwyn yn ddryslyd ar ei nain, yn methu'n lân â deall sut y medrai siarad mor gall, o gofio nad oedd ei geiriau byth yn gwneud synnwyr fel arfer.

'I ddechrau, rhaid i mi rannu cyfrinach â chi,' meddai gan syllu i fyw llygaid Gwyn a Bedwyr. 'Mae'n rhaid i mi ddweud y cyfan wrthoch chi am Dditectifs Cudd Cymru . . .'

12

Gobaith y Bluen Las

'Bore da!' meddai Gwyn gan gerdded i mewn i gegin gwesty Trem-y-môr. Rhoddodd ddwy dafell o fara i dostio a'r tegell i ferwi gan fwmian canu iddo'i hun. Safai mam Gwyn wrth y stof, yn ffrio cig moch i frecwast.

'Bore da, Gwyn,' atebodd ei fam mewn syndod. Doedd hi erioed yn cofio gweld ei mab mor fodlon i'w helpu yn y gegin o'r blaen.

Doedd mam Gwyn ddim yn rhan o'r cynllwyn, wrth gwrs. Doedd dim syniad ganddi fod Gwyn wedi'i anfon gan ei nain i fwydo Mrs Chwiban a'i chadw cyn hired â phosibl yn y stafell fwyta tra oedd Bedwyr yn chwilota yn stafell rhif 4 am gliwiau.

Roedd Bedwyr bellach yn busnesu drwy gypyrddau a droriau Mrs Chwiban. Ond er gwaethaf yr holl chwilio a chwalu, doedd dim siw na miw o Llywelyn ap Lliwgar yn y stafell.

'Mwy o gig moch i chi,' meddai Gwyn wrth Mrs Chwiban gan gario plataid mawr i mewn i'r stafell fwyta. Wrth osod y plât ar y bwrdd o'i blaen, gwnaeth sioe o daro fforc Mrs Chwiban i'r llawr ac aeth ar ei gwrcwd i'w hestyn. Yng nghysgod y bwrdd, estynnodd Gwyn lygoden fach a sgriwdreifer yn sydyn o'i boced. Cosodd glust dde'r llygoden ac edrych mewn rhyfeddod ar y creadur bach yn neidio'n fywiog ar ei draed.

'Mae'n ddrwg gen i! Dyma chi,' meddai Gwyn yn ffals, gan godi'r fforc ag un llaw oddi ar y llawr.

Gollyngodd y llygoden fywiog â'i law arall a gwenu wrth weld yr anifail bach yn glanio'n dwt ym mhoced cardigan Mrs Chwiban. Byddai ei nain yn medru clywed popeth o'r sied arddio rŵan.

'Diolch i ti, ond dw i wedi bwyta llond fy mol yn barod,' cwynodd Mrs Chwiban gan rwbio bloneg ei bol a chodi'n araf ar ei thraed.

'Be am banad arall?' mentrodd Gwyn, gan ofni ei bod yn bwriadu mynd i'w stafell. Byddai'r cynllwyn yn cael ei ddifetha'n llwyr petai hi'n darganfod Bedwyr yn busnesu drwy'i phethau.

'Dim diolch, Gwyn,' meddai Mrs Chwiban. 'Well i mi fynd i bacio cyn ei throi hi am adre.'

'Dach chi'n mynd adra heddiw, felly?' holodd Gwyn mewn panig. Doedd hynny ddim yn rhan o'r cynllwyn.

'Ydw,' atebodd Mrs Chwiban gan gerdded i gyfeiriad drws y stafell fwyta.

Camodd Gwyn yn gyflym o'i blaen. 'Dach chi'n siŵr nad ydach chi isio panad arall?' holodd, mewn ymdrech i'w chadw yn y stafell.

Ond doedd Mrs Chwiban ddim yn wraig dwp. Roedd hi'n synhwyro bod Gwyn yn ceisio'i hatal rhag gadael y stafell fwyta. Doedd o erioed wedi bod mor glên wrthi o'r blaen.

'Dos o'r ffordd, Gwyn,' gorchmynnodd Mrs Chwiban yn bendant.

Doedd dim dewis gan Gwyn. Symudodd o'r neilltu gan adael i gorff anferth Mrs Chwiban siglo heibio iddo o'r stafell fwyta ac i'r cyntedd.

Ar hynny, llithrodd Bedwyr i lawr canllaw'r grisiau a glanio'n glep ar lawr teils y cyntedd.

Roedd ei fochau'n goch a'i lygaid yn llawn cyffro. Fe wyddai Gwyn ei fod wedi darganfod rhywbeth yn stafell 4 – rhywbeth pwysig iawn.

'Bore da,' mentrodd Bedwyr ei ddweud wrth Mrs Chwiban.

Anwybyddodd Mrs Chwiban y cyfarchiad yn llwyr wrth iddi gamu'n herciog i fyny'r grisiau a'i hanadl yn fyr gan y straen.

Rhedodd Bedwyr at Gwyn gan gau drws y stafell fwyta ar ei ôl.

'Wel?' gofynnodd Gwyn yn awyddus.

'Gesia be ddois i o hyd iddo o dan wely Mrs Chwiban?' meddai Bedwyr yn falch.

Yn ofalus o araf, tynnodd Bedwyr bluen las o'i boced a'i dal fel trysor o flaen Gwyn.

13

Clustfeinio

'Nain! Sbiwch!' gwaeddodd Gwyn gan redeg i'r
sied a Bedwyr yn dynn wrth ei sodlau. Gafaelodd
yn y bluen las a'i chodi fry i'r awyr. Cododd nain
Gwyn ei llaw, fel arwydd i'r ddau ohonyn nhw
fod yn dawel.

'Dw i ddim yn deall . . .' cychwynnodd nain
Gwyn gan dynnu'r clustffonau oddi ar ei phen.

'Glywsoch chi, Nain?' gofynnodd Gwyn. 'Mi
fydd Mrs Chwiban yn gadael y gwesty unrhyw
funud!'

'Mae'n rhaid i ni ddod o hyd i Llywelyn ap
Lliwgar cyn iddi fynd!' ychwanegodd Bedwyr.

'Dw i ddim yn deall o gwbl,' dywedodd nain
Gwyn eto gan archwilio'r clustffonau.

'Nain?' mentrodd Gwyn eto, gan boeni am
funud ei fod wedi breuddwydio'r cyfan. Efallai
nad oedd ei nain yn aelod o dîm Ditectifs Cudd
Cymru wedi'r cyfan a'i bod, fel roedd pawb yn
ei dybio, yn honco bost.

'Tyrd yma,' meddai ei nain gan roi'r clustffonau am ben Gwyn. 'Deuda wrtha i be fedri di ei glywed.'

Gwrandawodd Gwyn yn astud. Roedd y llygoden fach ym mhoced Mrs Chwiban yn recordio'r cyfan. Doedd ansawdd y sain ddim yn arbennig o dda. Er hynny, gallai Gwyn glywed sŵn dillad yn cael eu taflu'n flêr i mewn i gês.

'Mae hi'n pacio,' eglurodd Gwyn.

'Gwranda ar y sŵn yn y cefndir,' eglurodd ei nain.

Clustfeiniodd Gwyn yn ofalus, a llamu o'r gadair. 'Trydar!' gwaeddodd. 'Dw i'n clywed bwji'n trydar!'

'Mae hynny'n amhosib,' torrodd Bedwyr ar ei draws. 'Mi wnes i chwilio a chwilio am Llywelyn ap Lliwgar, a doedd dim golwg ohono yn stafell Mrs Chwiban!'

'Dw i ddim yn meddwl bod Llywelyn ap Lliwgar yn stafell Mrs Chwiban,' eglurodd nain Gwyn.

'Lle arall y medra fo fod?' holodd Gwyn yn ddryslyd.

Chwarddodd ei nain yn uchel. 'Wrth gwrs! Mae'r peth yn amlwg!' gwaeddodd gan neidio at y map digidol a gwasgu'r smotyn coch uwchben

Aberystwyth. Ymddangosodd llun Mrs Chwiban
yn cipio'r sgwarnog, gan ei lusgo gerfydd ei
glustiau. Edrychodd Gwyn a Bedwyr mewn
penbleth ar y sgwarnog druan, gan geisio dyfalu
beth yn union roedd y llun yn ei ddatgelu.

'Dewch yn eich blaenau,' galwodd nain Gwyn.
'Mae rhaid i ni fynd i ddal bws!'

14

Llywelyn ap Lliwgar

'Aw! Ti'n sefyll ar fy nhroed i!' cwynodd Bedwyr wrth i Gwyn ac yntau guddio y tu ôl i'r silffoedd fferins yn Siop y Post.

'Fedra i ddim gweld Nain . . .' sibrydodd Gwyn, wrth sbecian heibio'r pacedi amryliw.

Gwenodd wrth ei gweld o'r diwedd yn llusgo'i thraed yn drafferthus gyda chymorth ei ffon gerdded i gyfeiriad yr arhosfan bws. Cerddai yn ei chwman gyda'i chefn fel hanner lemon, a chwifiai ei gwallt brith yn wyllt yng ngwynt y môr. Edrychai'n fregus fel papur, ond roedd Gwyn yn gwenu am ei fod yn gwybod mai sioe oedd y cyfan. Sioe oedd yn mynd i achub Llywelyn ap Lliwgar.

'Be dach chi'ch dau'n ei wneud yn fanna?' gofynnodd Mair Siop y Post yn flin. 'Dach chi'n bwriadu prynu rwbath?'

'Trio dewis 'dan ni,' eglurodd Bedwyr gan bwyntio at y bagiau fferins o'i flaen. Teimlodd ei fochau'n cochi. Doedd o'n dda i ddim am ddweud celwydd.

Edrychodd Gwyn ar PC Parri'n croesi'r stryd ac yn cerdded tuag at ei nain. Er na allai glywed y sgwrs rhyngddyn nhw, gwyddai y buasai PC Parri'n trio cynnig lifft iddi'n ôl i'r gwesty, gan gredu ei bod wedi crwydro oddi yno. Ar hynny, ymddangosodd Mrs Chwiban ar ben y ffordd, yn llusgo'i chês mawr oedd yr un mor foliog â hithau. Trodd PC Parri i gyfarch y wraig fawr ryfeddol.

'Mynd am adra dach chi?' holodd PC Parri.

'Ia,' atebodd Mrs Chwiban. 'Dw i'n dal y bws nesa o'r pentref.'

'Wel, siwrne saff i chi'n ôl i . . .' Ceisiodd PC Parri gofio pam fod wyneb y wraig yn edrych mor gyfarwydd. 'Lle wnaethoch chi ddweud dach chi'n byw?'

'Ddeudes i ddim,' atebodd Mrs Chwiban yn swrth gan edrych i gyfeiriad y gorwel. Roedd y bws i'w weld yn y pellter, yn gyrru ar hyd y ffordd igam-ogam i gyfeiriad y pentref.

'Tyrd! Cyn i'r bws gyrraedd!' meddai Gwyn gan lusgo Bedwyr allan o'r siop.

'Sbiwch lle dach chi'n mynd, y ffyliaid gwirion!'

Roedd Gwyn a Bedwyr yn adnabod y llais yn dda; llais annifyr Mr Brown oedd o.

'Dach chi wedi gorffen eich gwaith cartref eto?' holodd Mr Brown. 'Tridiau'n unig sy gynnoch chi'n weddill o'r gwyliau . . . a thridiau sydd ers i mi weld Llywelyn ap Lliwgar! O, Llywelyn druan!'

Sychodd Mr Brown ei ddagrau â hances fawr cyn ochneidio'n uchel.

Croesodd Gwyn a Bedwyr y ffordd heb ateb eu hathro. Roedd y bws wedi cyrraedd yr arhosfan a Mrs Chwiban yn anelu amdano.

'Stopiwch!' gwaeddodd Gwyn arni, ond roedd Mrs Chwiban eisoes wedi cyrraedd y bws.

Gan symud ei llaw'n gelfydd, cododd nain Gwyn ei ffon gerdded ychydig i'r awyr gan ei bachu yng nghoes chwith Mrs Chwiban. Syrthiodd Mrs Chwiban yn bendramwnwgl wysg ei chefn i'r llawr, a llithrodd ei wìg o gyrls coch gan ddatgelu ei phen mawr moel i bawb.

'Gadewch i mi eich helpu chi,' meddai PC Parri. Gafaelodd ym mraich Mrs Chwiban a cheisio'i chodi ar ei thraed.

'Gwyn! Bedwyr! Dewch i helpu!' gorchmyn-nodd PC Parri.

Gafaelodd Gwyn a Bedwyr ym mraich arall

Mrs Chwiban, ond yn hytrach na'i chodi ar ei thraed, tynnodd y ddau yn galed yn ei llaw.

'Be dach chi'n ei wneud?' dwrdiodd PC Parri, ond tawelodd wrth weld braich Mrs Chwiban yn llithro i ffwrdd fel plisgyn oddi ar wy wedi'i ferwi'n galed.

'Gadewch lonydd i mi!' sgrechiodd Mrs Chwiban, ond roedd hi'n rhy hwyr.

Yn sydyn, ffrwydrodd ei choes dde a sbonciodd sgwarnog allan ohoni. Yna, ffrwydrodd ei choes chwith a llithrodd crwban

cysglyd allan ohoni. Syllodd PC Parri'n geg agored wrth glywed sŵn trydar tlws yn dod o blygion bloneg Mrs Chwiban.

'Llywelyn?' dyfalodd Mr Brown gan frasgamu ar draws y ffordd at y fan lle roedd Mrs Chwiban wedi datgymalu blith draphlith ar hyd y pafin.

Ar hynny, llithrodd bwji bach o lawes Mrs Chwiban. Roedd ei blu glas yn flêr, a'i lygaid yn troi fel dwy farblen yn ei ben.

'Go drapia chi'ch dau!' gwaeddodd Mrs Chwiban gan chwifio'i dwrn i gyfeiriad Gwyn a Bedwyr. 'Dach chi wedi difetha 'nghynllwyn i!'

15

Nain! Nain! Nain!

'Sut oeddech chi'n gwybod mai hi oedd wedi dwyn bwji Mr Brown?' holodd PC Parri.

'Gyda help nain Gwyn . . .' dechreuodd Bedwyr.

Rhoddodd Gwyn bwniad egr iddo â'i benelin. Bedwyr â'i geg fawr! meddyliodd Gwyn. Pam na allai gofio mai cyfrinach oedd y cyfan?

'Wrth gwrs!' chwarddodd PC Parri gan bwyntio at ffon gerdded nain Gwyn. Ochneidiodd Gwyn mewn rhyddhad. Doedd gan PC Parri'r un syniad mai ei nain oedd wedi llwyddo i ddal Mrs Chwiban.

'Mi faswn i wedi medru gwneud fy ffortiwn yn gwerthu'r anifeiliaid gwirion 'na,' meddai Mrs Chwiban yn gas o gefn y car heddlu.

Roedd hi'n anodd gan Gwyn gredu pa mor wahanol yr edrychai Mrs Chwiban heb ei siwt o gorff ffug. Roedd hi'n fain ac yn dal, a'i phen mawr moel yn atgoffa Gwyn o'r twbyn lolipop

yn Siop y Post. Roedd siwt ffug Mrs Chwiban –
y siwt y bu'n ei gwisgo gyhyd i guddio'r holl
anifeiliaid – bellach yn ddarnau mân ac roedd
PC Parri wedi'i rhoi'n ofalus mewn bag pwrpasol.

'Tystiolaeth,' meddai PC Parri'n bwysig, cyn
gosod y bag, ynghyd â'r sgwarnog a'r crwban,
ym mŵt y car.

Cofiodd PC Parri'n sydyn am y llun o wraig
yn dwyn sgwarnog a anfonwyd ato o orsaf yr
heddlu yn Aberystwyth. Dyna pam roedd Mrs
Chwiban yn edrych mor gyfarwydd! Hi oedd y
wraig yn y llun! Roedd sawl anifail enwog wedi
cael eu cipio o bob cwr o Gymru yn ddiweddar,
a'r heddlu o Lanelli i Lanfechell wedi bod yn
chwilio am y lleidr.

'O, nghariad annwyl i!' meddai Mr Brown
wrth anwesu Llywelyn ap Lliwgar yng nghledr
ei law. Roedd y bwji'n canu nerth ei ben, fel
petai'n adrodd wrth Mr Brown hynt a helynt ei
gipio gan Mrs Chwiban.

'Pryd mae'r bws yn mynd o fama?'

Trodd Gwyn gan edrych yn ddryslyd ar ei
nain. 'Mae'n iawn, Nain. Does dim rhaid i chi
smalio rŵan. Dydy PC Parri na Mr Brown ddim
yn medru'ch clywed chi.'

'Lle awn ni, i'r ffair?' meddai ei nain. Roedd

golwg bell yn ei llygaid a phwysai'n drwm ar ei ffon gerdded.

'Fama dach chi!'

Clywodd Gwyn gamau ei fam yn rhedeg tuag at yr arhosfan bws. 'Dw i wedi bod yn chwilio a chwilio amdanoch chi!'

'Pryd mae'r bws yn mynd o fama?' gofynnodd nain Gwyn eto.

Cydiodd mam Gwyn yn ei braich a'i thywys yn ôl i gyfeiriad y gwesty.

Y noson honno, doedd Gwyn ddim yn gallu cysgu. Er ei fod wedi blino'n lân ar ôl treulio'r pnawn yn arbed sawl gôl yn y parc efo Bedwyr, doedd o ddim yn gallu cysgu winc. Bob tro y byddai'n cau ei lygaid, byddai pen moel Mrs Chwiban yn ymddangos o'i flaen, ac yna wyneb ei nain. Wyneb coll a llygaid pell ei nain.

Daeth sŵn crafu ysgafn wrth wely Gwyn. Sbeciodd drwy'i flanced a gweld llygoden fach yn arogli'r awyr.

'Gwyn?' meddai llais cyfarwydd o'r seinydd yn nhrwyn y llygoden.

'Ia?' sibrydodd Gwyn.

'Nain sy 'ma,' atebodd y llais. 'Gwyn, dw i isio i ti addo y byddi di a Bedwyr yn cadw'r

ffaith 'mod i'n un o Dditectifs Cudd Cymru'n gyfrinach.'

Oedodd Gwyn cyn ateb.

'A chofia, os byddi di fy angen i eto i ddatrys unrhyw drosedd, galwa amdana i. Nain, Nain, Nain dair gwaith.'

Lapiodd Gwyn y flanced amdano'n dynn, yn dychmygu'r holl anturiaethau allai fod yn disgwyl amdano.

'Nos da, Nain.'

'Nos da, 'ngwas i.'